安安別怕

林加春童話故事集

目次

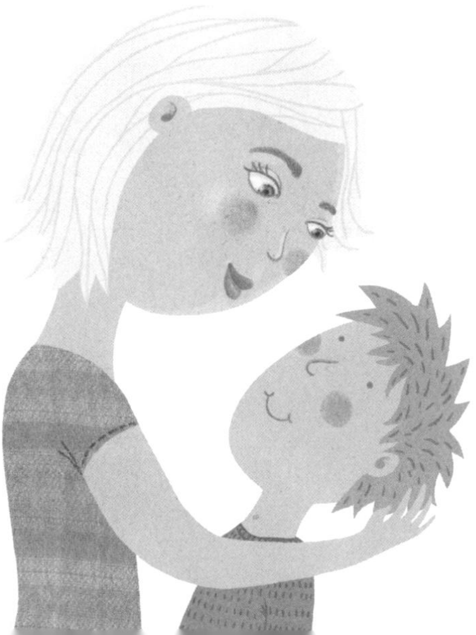

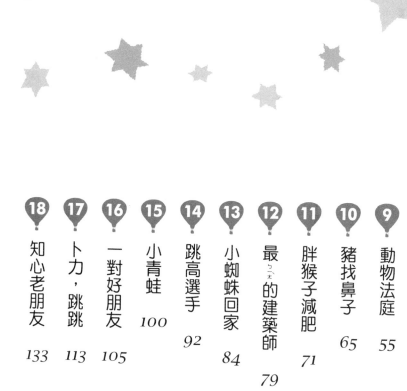

1 安安，別怕

「滴答滴答……」黑夜裡，時鐘唱著歌踏步。

熟睡的小安安睜開眼，感到尿好急喔，他要尿尿，可是房間裡一片暗黑，他看不到廁所，小安安急得伸手亂摸。

努力張大眼看，還是只有黑濛濛，安安想起：黑夜裡有飛來飛去的惡魔和吸血鬼，還有尖鼻子尖牙齒的老巫婆，對了，小偷也是晚上出來的！

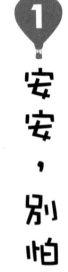

現在，這些壞人全躲在黑暗裡看著他，更糟糕的是，有個好大的「害怕鬼」，抓住了安安，嚇得他不敢下床來。

安安一害怕，尿更急了。他叫爸爸，爸爸正在打鼾；他叫媽媽，媽媽翻個身，散出一股香味又繼續睡。怎麼辦嘛？

有個小綠點在房間裡飛來飛去，小安安看著它。

「安安，你不睡覺，起來做什麼？」小綠點飛到他面前，好奇的問。

「我要尿尿！」安安急得快哭了，他想搖媽媽的手：「我不敢去上廁所！」

「別怕別怕，我替你想辦法。」小綠點飛來飛去，安安看著它在面前繞圈圈，咦，好像不只一個點欸。安安看得眼

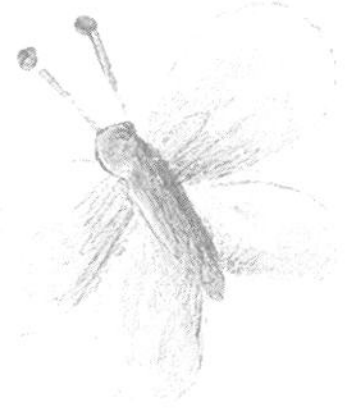

花撩亂，哇，怎麼變成這麼亮，這麼多的光圈呀？

「安安，走，我們帶你去上廁所。」空中的綠點全靠在一起，變成個光球，好亮呀！

小安安看見廁所了，他跳下床，跑進去痛痛快快的尿尿，「噓噓噓……」安安覺得他把害怕也丟入馬桶裡了。

光光亮亮的房間，真像山洞呀，「你們是誰？」

「大家都叫我們螢火蟲。」螢火蟲又開始頑皮的飛來飛去。

安安伸出手臂在空中畫圈圈，哎呀，螢火蟲也順著他畫的圈圈繞舞，安安不禁呵呵笑起來。

他停下手去抓，卻一個也沒抓到，螢火蟲飛到他身旁，褲腳、口袋、衣袖、頭髮、鞋子，全都光亮亮的，安安驚奇得說不出話。

「我們要走了，再見。」小綠點又開始飛舞。

安安爬上床：「謝謝你們帶我上廁所。」

「別客氣，別客氣。」小綠點飛得好快，一下子都不見了。

房間裡有爸爸的鼾聲，有媽媽的香味，安安瞪大眼看著「黑暗」，仔細的把「黑暗」看了一遍又一遍。

藏在黑暗裡的「害怕鬼」，一定是被螢火蟲帶走了，沒有捉人的妖魔鬼怪，也沒有吐舌頭吸血的老巫婆，強盜小偷

那些壞人，通通被螢火蟲嚇跑了。安安舒舒服服躺下來，閉上眼。

「滴答滴答……」時鐘繼續走，走完黑夜，再走入亮亮的白天，安安醒了。

他開開心心的上學，聽老師上課，和同學玩遊戲，整天笑咪咪。他喜歡白天，不過，安安更高興自己不再害怕黑暗，螢火蟲已經替他抓走黑暗中的害怕鬼了。

2 搖椅上的風

有個小男孩，愛跟風遊戲、玩耍。

他放風箏、玩紙飛機、做風車，頭髮被風抓得像鳥窩。小男孩臉上都是笑容，開心得「哇，哇」直叫。

他跟同伴爬樹、打球、玩騎馬打仗，流出一身大汗，讓風來吹乾。小男孩臉頰紅通通，像顆熟透的蘋果。

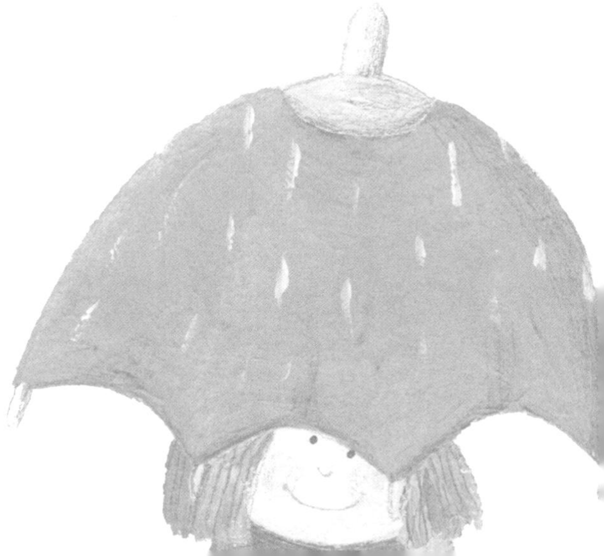

風嘆口氣：「唉，我整天這麼跑來跑去，累得很，如果有張搖椅給我坐坐，舒服的喘口氣，那多好啊！」

它看過老爺爺坐搖椅，握著大煙斗，蓋條薄毯子，搖啊搖啊，老爺爺睡著了，握煙斗的手就擱在毯子上。風注意到老爺爺臉上有微笑。

「坐搖椅一定很舒服。」它想。

它也看過遊樂園裡的搖椅。大人小孩坐上去，立刻前俯後仰，飄起一陣陣熱鬧的叫聲，紅撲撲的臉蛋上，也有著迷人的笑容。

「坐搖椅不但很舒服，而且很快樂。」風告訴自己。

船，它坐過；樹頂，它躺過；草堆稻田，它也打滾過。那種搖晃滾動的感覺，都很有趣，但是，風沒坐過搖椅。

「我要一張搖椅，真正的搖椅，像老爺爺坐的那種搖椅。」風喃喃的說。

小男孩坐在樹下，聽沙沙的風聲。和風做朋友真好！

「它陪我玩。」小男孩想：「我應該請它留下來，休息休息。」

他站起身跑回家，跑得很快，忘了跟風打聲招呼。

小男孩把屋裡的搖椅搬出來，放在走廊上。

風跑來了，看見走廊上的椅子，雖然破破舊舊，隨時都會散成一堆木片，但那是搖椅沒錯，像老爺爺坐的那種木頭

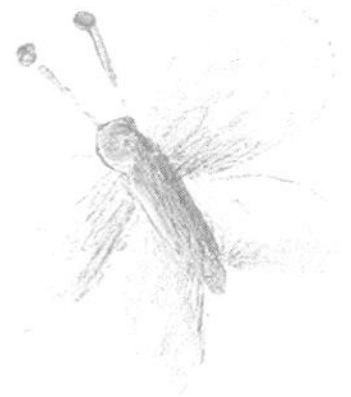

搖椅。風一屁股坐下，心滿意足的搖晃起來。

搖椅動了，搖啊晃啊，發出「吱吱咯咯」柔柔緩緩有節奏的聲音。小男孩興奮的爬上搖椅，摟住風。

「真好，真好。」風吹吹窗邊的風鈴，笑了。

「真好，真好。」吹吹院子裡的樹葉，風笑了。

微笑的風，摸摸小男孩的頭髮，又學老爺爺瞇起眼睛，聽著搖椅「吱吱咯咯」打拍子。

看啊，搖椅漸漸停住，原來，風正在搖椅上打盹呢。

風鈴安靜下來，樹葉安靜下來，噓，別吵醒搖椅上的風喲。

小男孩微笑的閉起眼睛，也睡了。

3 飛飛的漂亮衣服

天上有許多雲，愛在空中追逐翻滾，天空很大，可以隨他們奔跑。飛飛是朵雲，可是他玩膩了這樣追逐翻滾的遊戲，他想玩點別的。

「我要去跟別人家的小朋友玩。」飛飛四處打量。

天上只有藍色、灰色、白色，好單調。遠遠的地面上，顏色真多！鮮豔的紅、明亮的橙、柔和的黃、清淡的綠，還

有咖啡、粉紅，就連黑色也顯得莊嚴高貴。

「地上的人們真幸福，有那麼多美麗的色彩。」飛飛決定到地上度一個繽紛的假日。

他選了一塊大草地降落，「哎呀！」剛一落地，飛飛就痛得叫出聲。看起來柔軟的小草，把他細嫩的皮膚刺痛了。

飛飛又飄到一叢矮牽牛上面，五顏六色的滾邊花裙讓他著迷：「如果我也有這麼漂亮的衣服穿，那多好！」

飛飛問矮牽牛：「誰會做這樣漂亮的裙子呢？」

「這是主人送給我們的。」

「我可以跟他要一件嗎？」

「他在屋子裡，你去問他吧。」

朝著矮牽牛指的方向，飛飛飄進屋裡，先看到一張床，鋪著印滿鮮花的被單。「這一件也很漂亮！」飛飛小心的躺到床上，哇，真柔軟，他舒服的閉上眼睛睡著。

一雙白白腳丫走到床邊，發現床上的飛飛。白白的腳丫停了一會兒又走出去，走得很快，走得很輕。

白腳丫停在一雙大鞋子前面叫：「爸爸，爸爸。」

「什麼事呀？安安。」一雙大手抱起安安。

「爸爸，我的床上有一朵雲。」一個粉嫩的臉蛋，貼在一張方方大大的鬍子臉上說。

「一朵雲？哈哈，安安，你是說，天上的雲？」爸爸親親安安：「嗯，你的皮膚跟雲一樣白，我猜，那朵雲是你

吧。」

安安抱住爸爸的脖子：「爸爸，你快來看，我的床上真的有一朵雲，我要那朵雲！」安安溜下爸爸的手臂，拉著爸爸的褲腳：「爸爸，你快來看。」

大鞋子跟著白腳丫走到床邊，爸爸抱起安安，他們站得高高的，靜靜看著睡在花被單上的白雲。

飛飛醒了，他看看鬍子臉的爸爸，和白腳丫的安安，起身離開花被單。床平平整整，沒有皺紋，安安望著飛飛說：「你睡在我的床上，好漂亮。」

飛飛很開心的笑了：「你們這裡才漂亮，我喜歡漂亮的顏色。」

安安溜下爸爸的手臂：「我用三輪車載你兜風，好不好？」「好啊。」

安安騎上小三輪車，繞著大草地兜圈子，白白的腳丫一上一下，踩著紅紅的踏板。

飛飛趴在安安背上，他哈一口氣，安安覺得癢癢的，「呵呵呵」笑了。花園裡的蝴蝶停在飛飛身上，他覺得癢癢的，也「呵呵呵」笑了。

爸爸看一看草地上的安安、飛飛，走進房間，把顏料和畫筆拿出來，把大澡盆也拿出來。爸爸再看一看笑呵呵的安安、飛飛，蹲下來，在走廊上忙碌的工作。

綠綠的草地上，有紅紅的三輪車、白白的雲、粉嫩的安安，還有美麗的花朵、蝴蝶，爸爸看看這些，打開顏料，靜靜的在澡盆上作畫。

飛飛指著矮牽牛問安安：「這樣漂亮的衣服，一件給我穿，好不好？」

「我們去問爸爸。」安安的白腳丫踩著踏板，「鈴鈴鈴……」三輪車停在走廊下。

「爸爸，爸爸。」安安和飛飛爬上走廊。走廊上有一艘圓圓的小船，船身畫滿了漂亮的花朵和鮮綠的草，船上鋪著美麗的花床單。

「走，去坐船。」爸爸抱起安安，挾著小船，往屋子後面走。

一條乾淨的小河，躺在屋後唱歌，歌聲輕輕飄出去，安安和飛飛坐進小船，把歡笑加進小河的歌聲裡。

飛飛抬起頭，藍藍的天空有許多白雲看著他；飛飛低下頭，水裡也有藍藍的天、白白的雲，還有姹紫嫣紅的花，美麗極了。

「這是一件特別漂亮的衣服！」飛飛好羨慕小河的衣裳。

安安伸出小手，摸著水裡的藍天、白雲和花朵，水面上出現一圈圈皺紋，皺皺的衣裳還是那麼可愛。

輕巧的船漂浮在美麗的河，也好像飄浮在朗闊的天空，陽光曬紅了河水，金黃閃耀的水光，亮晶晶的在河上跳躍。

飛飛看到河裡的水發光，雲變紅了，驚訝的抬起頭，怎麼有這麼多種顏色的雲呢？

天上流動著黃金色彩，把紅色、紫色、黃色、橙色各種亮麗的雲，襯托得燦爛輝煌，又不斷有藍、灰、綠、白的顏色加進去，閃閃發光。

飛飛張大眼睛，他從來不知道，天上也會有豐富多變的色彩，不知道自己的家也可以這麼漂亮動人！輕輕移動自己，他要回去了，他要回去告訴所有的雲：從地面上看，天空實在是很美麗的！

爸爸拉回小船，安安爬上爸爸的手臂，粉嫩的臉蛋貼著爸爸的鬍子，靜靜看著。

一朵白雲從小河上飛起，加入金黃的色彩裡，變了，變了，變成淡黃，變成粉紅，變成淺紫，還鑲了金邊。這是一朵可愛的雲，他穿的衣服，比矮牽牛，比花床單都還高貴雅緻。

「我也有漂亮的衣服！」飛飛笑著和別的雲朵追逐翻滾，他不再喊無聊了。

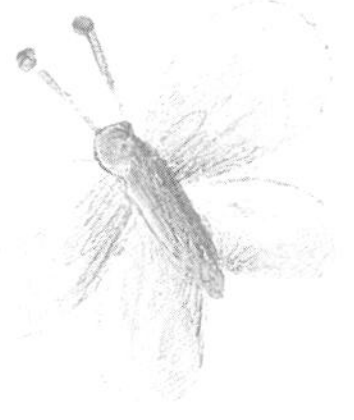

4 淘氣飛上天

飛飛是朵淘氣的雲，他喜歡到處玩玩逛逛。

一個美麗又可愛的星期天早晨，飛飛大清早就被太陽爸爸叫醒，可是他賴在藍藍的床上，不想起來：「幹嘛這麼早就要出門？」飛飛太累了，昨天一整夜，他偎在月亮媽媽的懷裡聽故事，連一個盹兒也沒打呢。

「咯咯咯……」公雞的喇叭聲越來越小，太陽也走得好遠好遠了。

「飛飛，起來了啦。」好朋友柔柔哈著氣，把飛飛叫醒。柔柔是一陣風，跟名字一樣，柔柔地、輕輕地。

飛飛張開眼睛，有些兒不高興：「幹嘛叫我？人家還想睡！」

「我帶你去看一樣東西，走。」柔柔推著飛飛來到天上：「你瞧！」

飛飛抬起頭，還沒看清楚，柔柔又說：「是飛機，飛機來了。」

飛飛跳起來：「哈哈，好極了，柔柔，我們去跟那隻大鳥賽跑，我不相信他會比我們快。」

「嗡嗡」的聲音衝過來，飛飛連忙拉著柔柔閃開：「柔柔，快，到我後面去，我們跟他賽跑。」

「預備，起！」柔柔推著飛飛，「咻——」衝了出去。

「呀呵！」飛飛興奮的大叫，這比和其他的雲朵翻滾追逐還要刺激。

「哈哈哈，真好玩。」柔柔也開心的笑：「衝啊！」柔柔一用力，他們竟然跑到飛機前面。

「我們贏了，勝利！」飛飛舉起雙手得意的喊。

「轟！」飛機彈射出去，捲起一陣狂風，吹散了飛飛和柔柔。

「哇，媽呀，好大的風！」飛飛像團雪球，滾了十幾個圈。完蛋了，他的祈禱被隆隆的飛機聲蓋住，上帝聽不到，只好伸手亂抓。

可是，「噗——」一團濃煙把飛飛罩住，完了，這下子上帝聽不到也看不到他了！

飛飛急得亂跑，等他又張開眼睛，發現自己來到了爸爸面前。

「哎！」太陽爸爸告訴飛飛：「你太頑皮了，飛機如果被你遮住方向，或失去平穩，是會發生意外的。」

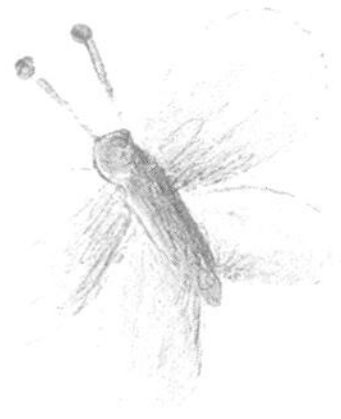

飛飛低著頭：「我只是想跟他賽跑嘛。」

太陽摸摸他：「你還是去跟柔柔玩些別的遊戲吧。」

「飛飛，飛飛……」柔柔老遠的喊著，還向他招手呢。

「來了。」飛飛連翻幾個筋斗，站到柔柔面前：「我來啦。」

柔柔笑咪咪的指著腳底下：「小朋友在找我了，你看，他們還請風箏帶電報來呢。」

飛飛低頭瞧瞧，是有些紙片，沿著風箏線一直爬上來：「那個就是電報呀？」

「對。」柔柔高興的朝著風箏吹氣，一隻隻風箏笑呵呵的飛高起來。細心的柔柔注意到，有一隻蝴蝶風箏飛累了，軟綿綿的，連忙拉它一把。

「嘩，風來了，風來了！」小朋友又叫又跳，手忙腳亂的扯著風箏線。

這些風箏實在漂亮，飛飛看得眼花撩亂，忍不住也想跟他們一起玩：「嘿，看我的。」他先模仿一隻老鷹風箏的模樣，張開巨大的翅膀，昂著頭，飛呀飛呀。

「老鷹！老鷹！」小朋友驚訝的指著飛飛：「天上還有一隻老鷹，你們看。」

「嘻，再變一個給你們瞧瞧。」飛飛又學著蝴蝶風箏，花枝招展的跳舞。

「呀，他變成蝴蝶了，好大的蝴蝶唷。」小朋友大喊，每個人都停下來，看飛飛的表演。

「嗯，好，接下來這個讓你們猜猜看。」飛飛把頭漲大，肚子鼓得圓圓的，又擠出兩隻大耳朵。

「哇，米老鼠，是米老鼠！」小朋友一齊大喊，頑皮的飛飛把小朋友逗得好開心呀。

有一個小朋友突然跳起來：「嘿，那是我的蜈蚣，你們看，那是蜈蚣！」大家揮動雙手，興高采烈的為飛飛鼓掌歡呼。

難得小朋友這麼快樂，為了不掃他們的興，已經得到自由的風箏們，全都悄悄飛上天。

「咦，我的風箏呢？」

「糟了，你看，風箏飛走了！」

「回來！回來！」小朋友望著風箏逐漸飛遠，急了，招著手、跳著腳，拼命喊著，拼命追著。

「哎呀，糟糕，闖禍了。」飛飛和柔柔吐吐舌頭，停在空中動也不敢動，一隻隻風箏又輕輕地、慢慢地，落到山坡上。

小朋友笑了，柔柔和飛飛也笑了，太陽爸爸點點頭，也笑呵呵的。這世界被他們笑得好亮啊！

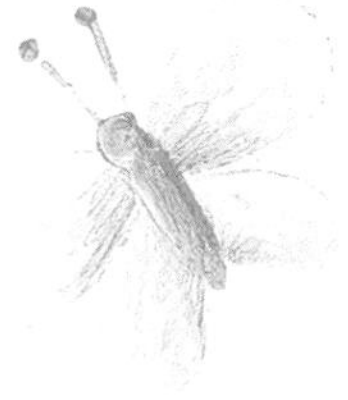

5 孔雀的美麗

在一個很遠很遠的山上，有一棵非常高大的松樹，樹下住著一隻美麗的孔雀，有很多人來爬這座山，就為了看孔雀。

那隻孔雀，有黑色的羽毛，日出時，牠站在山頂上展開羽毛，便能遮住那點光明，使大地重新陷入黑暗，直到太陽爬得更高，越過孔雀的黑屏風，光明才又照臨大地。

這樣的黑屏風，若被中午的太陽當空照耀，會轉化成瑰麗的紫紅色，山谷裡飄浮一片紅光，直到太陽被雲朵遮住，或是孔雀收起羽毛，奇妙的景象才會消失。

多麼怪異、美麗啊！

每個心滿意足的爬山客，把看到的神奇夢幻當作一種幸福，藏放在腦子裡帶回家。

孔雀很得意，經常有人類來看望牠，送上鮮花水果。牠把這種特別的待遇當作一種幸福，獨自品嚐，不和別的昆蟲鳥獸分享。

可是，有一天，孔雀發現牠的羽毛不見了！

牠睡了一夜，醒來後屁股涼涼的，很輕、很空，回頭看，那黑黑長長的羽毛就不見了。

當人們發現孔雀變得光禿禿、醜陋，再也不可能出現什麼奇景，他們驚訝、失望，並且立刻轉身，不肯多看一眼。

山裡的動物們得到消息，紛紛前來關心。

孔雀找不到那消失的羽毛，覺得自己不但失去了美麗，也失去了尊貴。牠站在松樹下，悲傷的啼叫。

突然，空中飄下許多鮮綠的松針，混合著淡淡的松香味，全部落在孔雀身上，不多久，牠成了一隻有著綠松針尾巴的香孔雀。

「好看，好看！」松樹頂上傳來一陣歡呼。

孔雀抬頭往上看，一大群猴子和松鼠，邊拋下松針邊跟牠打招呼：「別難過了，你穿這件綠衣裳也很好看。」

這當然不是真的尾巴，但至少使牠不再光禿醜陋，孔雀感激的點點頭。

山風來了，把孔雀的新衣裳吹掉，嘲笑牠：「禿啊，禿啊……」

孔雀躲到岩石下，為自己不幸的遭遇傷心啼叫。

「啾啾啁啁」，大群的鳥兒啣著花草樹葉，飛落孔雀身旁，忙碌的在牠身上築巢。呀，一個色彩鮮豔的鳥巢，大得剛好包住孔雀尾巴。

「好看，好看！」鳥兒們啾啾啁啁，對孔雀說：「別難過了，你這樣打扮也很漂亮喔。」

屁股圈著花球的孔雀，回頭瞧瞧自己，是很別緻呀，牠感激的點點頭。

山風又吹來，想嘲笑孔雀，可是，鳥兒們築巢的技術太高明了，那花球套在孔雀尾巴上，牢牢的。山風只好呼嘯的爬上岩石，走了。

「不禿啦，不禿啦！」

重新美麗起來的孔雀，高興的和松鼠猴子點頭招呼，和鳥兒一起鳴叫啼唱，接受大家的道賀。

「我的尾巴是假的，我的美麗，也是假的。」孔雀想：

「不過，我得到的這些友誼卻是真的！」

6 金龜子和小瓢蟲

有一處樹林，長滿了馬拉巴栗樹，有胖的、瘦的、高的、矮的、直的、彎的、正的、斜的，每一棵都有不一樣的姿態。

一隻金龜子飛來樹林，仔細欣賞每一棵樹，最後停在一棵高高胖胖的樹上。

「嗯，這裡很好，又涼快，又安全，還有很好的食

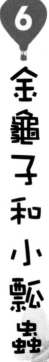

物。」金龜子選好了住處，快樂的飛出樹林去遊玩。

每一天，金龜子都飛到這裡來。下雨了，牠在這片樹葉上咬一口；天晴了，牠在那片樹葉上咬一口。飛得比昨天好，牠也去咬一口樹葉；比賽輸了，牠再去咬一口樹葉。挨罵了，牠去找樹葉咬一口；睡飽了，牠選一片葉子咬一口。

金龜子回到家來，總是先找一片沒被咬過的葉子，在葉片上休息休息，再趴到葉尖，很準的咬出一個圓形，慢慢品嚐那片葉子的美味。

穿著美麗彩衣的小瓢蟲，無意間飛進這片樹林，繞一圈後，牠發現奇怪的事：有一棵樹，每片葉子的葉尖，都有個圓圓的缺口！

小瓢蟲停下來問：「胖樹伯伯，你的葉子好奇怪呀！你喜歡穿洞洞裝嗎？」

胖樹伯伯皺著眉，垂下眼，不理牠。

小瓢蟲又問：「胖樹伯伯，為什麼別棵樹都沒有你這種葉子呢？」

胖樹伯伯還是沒說話。

金龜子回來了，牠正要找葉子，卻看見小瓢蟲。金龜子趴下來，不客氣的問：「喂，你來做什麼？」

「嗯，嗯，我來探險啊。」小瓢蟲有些兒畏縮。

「噢，你探到什麼險啦？」金龜子爬上一片完整的樹葉，邊說邊咬出一個圓圓的缺口。小瓢蟲瞪大眼睛看呆了，原來是這麼回事呀！

「喂，你怎麼不說話？」金龜子吸飽了葉汁，心滿意足的躺著：「哈，真舒服。」

「你都是這樣吃葉子的嗎？」小瓢蟲看著樹，「胖樹伯伯喜歡這樣嗎？」

「唔，這樣很漂亮啊，有藝術感。」金龜子張開翅膀，飛到每片葉子旁欣賞自己的傑作，牠真是覺得這作品太精彩了：「只有我才想得出來哩。」

「可是，胖樹伯伯喜歡嗎？」小瓢蟲又問了一次。

金龜子繞著樹身轉呀轉：「喂，你喜不喜歡我的傑作呀？」

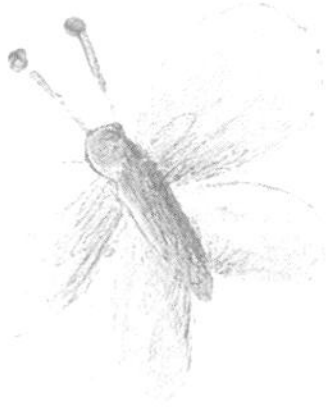

胖樹伯伯垂著眼不說話，金龜子有點掃興，這時一陣風吹來，翻動樹葉發出「沙沙」的聲音，金龜子又高興起來：「嘿，你聽，它說『帥，帥』，它喜歡的啦。」

「不對，你騙人，胖樹伯伯是說傻、傻，大傻瓜的傻！」小瓢蟲繼續說：「你真傻，我這漂亮衣服才是藝術品、傑作，你那一點伎倆算什麼。」

小瓢蟲很得意，牠美麗的身體停在哪片葉子上，葉子就多了一點鮮豔的色彩。

金龜子悻悻的說：「哼，你那麼小，隨便一點樹蔭就把你遮住了，漂亮有什麼用？」

「誰說的，我偏不讓別人遮！」小瓢蟲很不服氣，盡量挑陽光底下去停留，好讓太陽把彩衣照得更耀眼。

「哇，好漂亮的蟲蟲！」「我們去抓！」一群郊遊的小朋友發現樹上的小瓢蟲，把它抓起來，放進玻璃瓶裡。

「咦，這棵樹的葉子好奇怪！」「嗯，好像被什麼蟲咬過欸。」「我們來找找看。」糟了，金龜子嚇一大跳，緊緊抓住葉梗，努力藏好自己的身體，牠可不想跟小瓢蟲一樣倒楣。

小朋友拿了長棍子把樹葉翻來翻去，金龜子躲在綠蔭裡，好幾次差點被打下來。

「沒有哇。」「也許是蟲蟲飛走了。」「這不好玩，我們走吧。」小朋友帶著瓢蟲走了。

樹葉們這時又發出一陣聲音，金龜子一聽，是胖樹伯伯大聲喊：「殺，殺……」牠嚇得摔到地上，半天都動不了。

7 白頭翁的快樂

一隻白頭翁停在榕樹上。

陽光照得葉子發亮，微風在樹葉間散步，白頭翁站在枝條上，大大聲的，一句又一句唱歌，唱得高興極了。

「喂，要不要跟我們去玩？」一群麻雀飛過來，在白頭翁身旁亂竄，啄咬樹上果子。牠們吱吱喳喳的嬉笑叫鬧，打斷了白頭翁的歌聲。

發楞的白頭翁跟著麻雀們，飛到農人的曬穀場，想啄取稻穀，卻笨拙得差點被場邊的小孩抓住。

麻雀們在空中笑成一團：「哎呀，你怎麼連捉迷藏也不會呢？」

白頭翁回到榕樹上，悶悶不樂，怨嘆自己反應真慢！

突然間，樹葉窸窸窣窣，嬌小的綠繡眼們掀開樹葉，招呼牠：「喂，我們去抓毛毛蟲吃，好不好？」

牠們來到桔子園，綠繡眼吃得不亦樂乎，白頭翁卻始終找不到又肥又大的毛毛蟲。

「哎呀，你的眼力真差！」綠繡眼們說完，低下頭，很快叼起綠葉上一隻隻鮮綠胖碩的大毛蟲，看得白頭翁直吞口水。

牠悶悶不樂的回到榕樹上，責罵自己：「連找食物都不會，太笨了！」

斑鳩飛過牠面前，喊牠：「喂，跟我到椰子樹上兜風吧。」

可是，來到高高的椰子樹，白頭翁發現自己竟然會害怕：太高了！風好大！太陽好曬！

牠害怕得跌下來，直到翅膀張開飛在空中，牠才覺得安全。

白頭翁回到自己最熟悉的榕樹，看看在樹葉間探頭探腦的陽光，聽聽吹著輕快口哨的風，吃下幾顆榕樹果子，心情好多了。

牠開始大聲唱歌，很嘹亮，很輕快的歌聲，把麻雀、綠繡眼和斑鳩都引來了，牠們發現：白頭翁的歌聲真好聽，而且，白頭翁很快樂！

「不錯，我很快樂。」白頭翁大聲的說：「因為，我做我能做得好的事！」

8 小蝸牛

一隻小蝸牛，爬呀爬呀，爬到１０１大樓底下。

小蝸牛抬頭一看，呀，好高哇，這麼高的樓房，看起來頭好暈喔。

一隻麻雀飛過來：「咦，小蝸牛，你在做什麼？」

「我在看１０１大樓，它好高啊，爬得上去嗎？」

「我試試看，應該沒問題。」小麻雀拍動翅膀，「咻」，飛到高高的天上。喔，牠看起來好高唷。

「喂，小麻雀，你飛到了沒？」小蝸牛仰起頭大叫。

小麻雀忙著拍動翅膀：「還早咧！」

「咻」，小麻雀衝得更高了。喔，牠看起來好小啊！

「喂，小麻雀，你飛到了沒？」小蝸牛瞇起眼睛，對著天上的黑點大聲叫。

小麻雀忙著拍動翅膀：「快了，快了。」細細的聲音差點被風吹走，小蝸牛嚇得閉上眼睛。

「咻」，小麻雀衝進天空裡，不見了。

小蝸牛瞇起眼睛找好久，忍不住著急的喊：「小麻雀，你在哪裡？」牠很用力的喊，喊得背上的房子都快掉下來了。

終於，牠聽到一絲細細的聲音：「喂，小蝸牛，快來看喔，好漂亮！站在樓頂可以看到不一樣的風景哩。」

「你真行，我也想上去看看。」

「那你就上來呀，我在這裡等你。」

小蝸牛抱住牆壁，爬呀爬呀，一寸又一寸的離開地面，慢慢的把身體升高。

螞蟻輕輕的從牠身旁經過，說：「加油啊！」蜘蛛悠閒地在牆角盪鞦韆，也告訴牠：「加油呀！」連雲走起路來也靜悄悄地，大家都怕嚇著了小蝸牛。

小蝸牛笑一笑，不說話，繼續爬。

太陽看牠爬了很久才爬那麼一層樓，大聲笑：「唉唷，我說小蝸牛呀，你別爬了，你再怎麼爬，都比我矮！」

小蝸牛實在有些灰心，怕自己沒有力氣爬上去，可是，牠又想看看美麗的風景。抱住牆壁想一想，牠又繼續爬，不理會太陽的話。

爬呀爬呀，背上的殼越來越重，小蝸牛看不到地面，也看不到天空，牠急得大叫：「小麻雀，我快到了嗎？」

一絲細細的聲音傳過來：「喔，還早咧，你還要再努力喔。」

小蝸牛抱住牆壁，慢慢的把身體挪上去。爬呀爬呀，住在牆壁上的灰塵向他打招呼：「嗨，你好。」小蝸牛不說話，點點頭繼續爬。

四周很安靜，小蝸牛覺得自己爬得很高了，牠抬起頭叫：「小麻雀，我快到了沒？」

小麻雀的聲音細細的：「喔，你爬得比剛才高了，可是，還早呢，加油喔。」

小蝸牛瞇起眼睛看，小麻雀像個黑點一樣。突然，「咻」，牠往下滑了好幾層樓，哎呀，小黑點不見了！

隔不久，太陽也看不到了，黑黑的夜好可怕呀，小蝸牛還是勇敢的爬著。

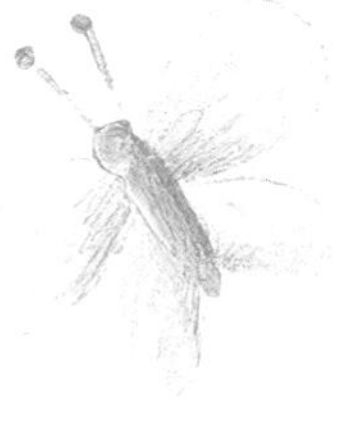

天上的星星意外發現牠，眨亮眼睛都來為牠照路、加油，小蝸牛很感激。牠想，自己應該利用涼爽的夜晚，多爬一點，也許明天，明天就可以到達屋頂！小蝸牛抱住牆壁，努力的移動身體。

爬呀爬呀，牠不看上面，不看底下，一句話不說的，努力的爬。「咻」，一陣大風吹來，小蝸牛嚇得停住，閉緊眼睛，風笑哈哈的說：「加油啊！加油啊！」小蝸牛動也不動。

風走後，小蝸牛睜開眼睛，哇，天亮了，星星也都走了，小蝸牛用力抱住牆壁繼續爬。

牠又看到太陽了，這時，太陽不再說話，因為小蝸牛距離自己越來越近了。

一天、二天、三天，小蝸牛已經爬了三天，「小麻雀還會等我嗎？」小蝸牛默默想著，真希望快一點爬上去，看看美麗的風景，看看小麻雀還在不在？

「這棟大樓真是很高，比我想像的還要高！」小蝸牛不知道還要爬幾天，也不知道還有多高，只是爬呀，爬呀。

忽然，一個大黑影蓋下來，小蝸牛嚇一跳，小心的看看。咦，牆壁不見了，自己爬在一塊平台上，牠爬完了嗎？那黑影是什麼？

「小蝸牛，你真行，你爬上來了！」哎呀，是小麻雀。

「小麻雀，你還在等我呀！對不起，我實在爬得太慢了！」

「沒關係，你雖然爬得慢，卻爬得比誰都還要高。」

小蝸牛用力把眼睛張大瞧，咦，地面上的車子都變小了，比自己還小！

天空就在牠旁邊，只要伸伸觸角，就可以摘下一朵雲彩！小蝸牛高興的謝謝小麻雀，無意中看到太陽脹紅著臉，躲在晚霞的背後。

哈呀，這真是奇蹟：小蝸牛竟然也可以和太陽一樣高！

9 動物法庭

大清早，獵人阿土彎著身，在樹林裡專心工作。太陽撥開樹葉探進頭來，想看看他在做什麼。阿土抹把汗，瞥見陽光，急呼呼的攏緊樹枝，把樹葉蓋密，不讓光線進來：「哎哎，你出去，別在這裡，我就是要暗暗的才好做事……」

「別動！」黃鶯警告他：「你再退一步，就會掉進坑洞裡去。」

阿土嚇一跳，停住腳。

「小心！」蟒蛇趴在樹幹上，對著黃鶯吼：「你再向外飛，就要卡在網子上了。」

嘎，黃鶯也嚇一跳，收起翅膀停在阿土肩上。

「大蟒蛇，你小心！」松鼠抱著樹枝喊：「樹下有個捕獸夾，可別再溜下去了。」

乖乖，蟒蛇趕快煞車，果然看到樹下那可怕的東西。

「嘿嘿，你們自己去小心吧。」阿土覺得機會來了，於是，左手去抓黃鶯，右手拔槍射松鼠。

「砰！」槍聲響起，黃鶯啾啾怪叫，飛了；松鼠吱吱亂竄，跑了；蟒蛇悄沒聲息的溜了。

阿土趕上前，跳起來抓黃鶯，卻抓下一張網子把自己纏住了。他拉拉扯扯解不開，竟然還去踩到捕獸夾！

「哇唷！」一聲悽慘的大叫，阿土變成單腳跳的動物，捧著受傷的腳板跌跌撞撞。咦，怎麼又準準的，摔進自己挖的坑洞裡呢？

「喔，他真幸運！」大蟒蛇從樹後鑽出來。

「嗨，新年快樂！」黃鶯飛到洞口向他祝賀。

「噯唷……」阿土哼哼啊啊：「快救我上去吧！」

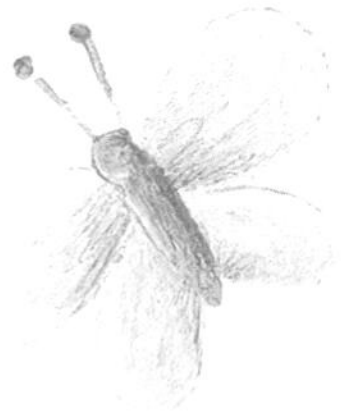

「別急嘛。」松鼠騎在大象頭上，指揮象鼻子把洞裡的阿土拉出來。

「哇，是隻大土蟲啊！」大象說完，四周響起一陣笑聲。

阿土抬頭看，媽呀！樹林裡密密麻麻圍滿了動物。

「你……你們……要做什麼？」

松鼠順著象鼻子一溜，輕巧的停在阿土面前：「告訴你，我們動物法庭要審判你！」

摸摸下巴，松鼠很神氣的說：「凡是動物法庭宣判的事，你都必須服從。」

「那……我要做什麼？」阿土擔心的問。

「你呀，現在只能當聽眾。」松鼠說完又爬回大象頭上。

大蟒蛇首先報告：「他被我們救了兩次。」

黃鶯飛到阿土頭上，抓扯他的頭髮：「他第一次被救後，還忘恩負義，想抓我們。」

「他帶了很多凶器。」猴子們在坑洞裡爬進爬出，把捕獸夾、網子、槍，全都扔到地上來。

「哇呀，你真狠。」大象搧搧耳朵。

動物們張口大喊：「嘔——No——」「嘔——No——」……

阿土嚇慌了：「別氣，別氣，我錯了，隨你們要我做什麼都行……」

動物們的喊聲不再高揚，而是低沉憤怒的「吼——吼——」

「拜託……拜託……」看著動物們打開的一張張嘴巴裡，銳利森白的牙齒，阿土全身發抖，拼命求饒。

「哼，你違反動物保護法，濫捕動物，罰你嚐嚐牛尾巴。」獅子做了第一項宣判。

大水牛走到阿土面前，銅鈴般的大牛眼瞪得阿土魂都掉了，突然，水牛轉過身，牛尾巴劈劈拍拍朝阿土屁股甩一陣，臨了還擠出一團「香屁」，送給阿土蒸臉。

皮肉正在痛，大象又宣布：「你不知友好對待動物，缺少愛心，罰你下水學青蛙游泳。」說完，象腿一提，阿土如顆石頭「撲通」落入水裡。

阿土只會學青蛙脹大肚皮的本事，他喝了飽飽一肚子水，連小魚也被他喝進肚，不過阿土有口臭，那些魚拼死掙扎的，又通通游出來了。

「不會蛙式，那准你來個狗爬式。」負責監督的河馬，腦筋靈活，很快做出明確的改判。

阿土手腳並用一陣拳打腳踢，學得真像，卻不料踢到鱷魚的長尾巴，只見鱷魚的尾巴高高揚起，動物們一看連忙避開：「哇，飛彈要發射了！」

驚叫中，阿土被甩到陸地，發出「澎」的巨響，動物們又再度聚攏來。

現在，阿土名副其實的灰頭土臉了，他摸摸鼻子，幸好鼻子還在。

氣沒喘定，長頸鹿已經宣布：「你忘恩負義，罰你學猴子爬樹。」

阿土想，這還不錯，爬樹是他最拿手的本領，說不定樹上還有一窩鳥蛋等他哩。於是，忘了剛才跌跤的不愉快，手腳俐落的直上樹梢，活像猴子。

正當他放心的往樹杈坐下要休息時，「啊，天哪！有蛇……」很大一條青竹絲，就在他手指尖，朝他吐舌頭。

又是重重的「碰」一聲，阿土四腳朝天，左滾右翻，久久爬不起來。

「喂」，不耐煩的老虎，把銳利爪子搭在阿土肚皮上，嚇得他一骨碌站挺了。

「你攜帶凶器，擅自闖入動物保護區，該罰。」老虎伸伸懶腰：「不過嘛，民主時代，讓你表示意見。」

「那……那就賽跑吧！」阿土打算三十六計走為上策。

「可以啊，你先跑，我再追，如果被我追到，我會一口吞下你……」老虎還沒鳴槍，阿土已經拔腿，一溜煙的不見了。

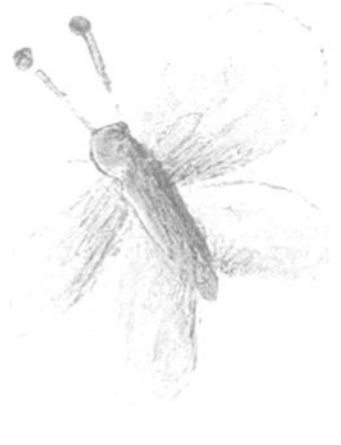

「哈哈，他總算知道快滾了……」動物們全都笑開來，老虎滿意的說：「我想，他再也沒膽子來了。」

可是老虎錯了，沒多久，阿土又進入樹林裡，只不過，這回他收起了槍，丟掉了陷阱，快快樂樂的和動物們嬉玩，笑聲在樹林裡擺盪不停。

10 豬找鼻子

豬大哥好忙啊，忙著照料他的鼻子。

豬大哥的鼻子，晴天時老是流鼻涕，陰天嘛又鼻塞，碰到雨天可就慘了，他得張開嘴巴呼吸。豬大哥煩透了，把個鼻子擤呀揉呀，抽呀擠呀，鼻子還是那副德行。

一天，豬大哥下定決心，要把那阻塞不通的鼻子清理乾淨，免得他頭昏腦脹，只想睡覺。準備好，豬大哥用盡力

氣，很大聲的，很久很長的，擤了一次鼻涕。

把鼻涕擤出來真痛快！豬大哥沒聽見旁人在說什麼，他很專心的對付鼻涕，每次擤出一些後，豬大哥就感到神智清醒了，頭殼輕鬆了，這使他更認真，更起勁的甩鼻子。

哇，舒服呀，豬大哥笑呵呵，用力吸口氣，「嗯——」涼涼的空氣灌入他的胸部，「這樣的感覺真好！」

「你沒鼻子啦！」小鳥兒在樹上笑他。

咦，這怎麼可能？「我的鼻子怎麼啦？」豬大哥問小鳥兒。

「你的鼻子不見啦！」「不見啦！」小鳥兒吱吱喳喳的叫。

豬大哥不相信，他去問狗大叔：「我沒鼻子了嗎？」

狗大叔瞪大眼瞧：「唉呀，怎麼搞的？你的鼻子呢？怎麼沒有了？」

豬大哥轉身問貓姑婆：「我現在成什麼樣子啦？」

貓姑婆細著嗓子叫：「你呀，臉上像裝根煙斗，只剩兩個大鼻孔嘍！」

這下糟糕，怎麼會有這種事呢？一定是剛才擤鼻涕，用力過度，把鼻子都擤掉了。

豬大哥低頭四處找鼻子，他把泥土刨開，仔細檢查。

小地鼠看他那模樣，奇怪的問：「你在找什麼？」

豬大哥忙著挖土，頭也不抬的說：「找我的心肝寶貝！」

小地鼠一聽，土裡有寶貝，也跟著來找，可惜，一大塊地翻爛了，什麼寶貝也沒有。

會在哪裡呢？豬大哥走到水池邊：「也許是我頭一抬，把鼻子扔進去了。」他對著水池看。

大水牛問他：「水裡有什麼嗎？」

「可能有我的心肝寶貝哩。」豬大哥滿懷希望的說。

大水牛聽說有寶貝，跑進池子裡撈，尾巴甩出一片水花來，半個池子的水都被潑到土裡了，還是什麼寶貝也沒有。

會不會在樹上呢？豬大哥仔細張望每一個樹洞、枝椏。

「是什麼東西藏在這裡呀？」小猴子問。

豬大哥邊看邊說：「這裡也許能找到我的心肝寶貝喔。」

小猴子爬上樹，把每一樣小東西都往下扔，全是樹葉、種子和些爛果實，哪裡有寶貝？

豬大哥不洩氣，找不到鼻子，就努起嘴把鼻孔頂高些。他努著嘴還不忘找鼻子，土啊、樹啊、草堆啊，他都用嘴巴戳戳弄弄，大夥兒全知道：他是在找鼻子。

被翻鬆、澆溼的地，不久發出綠芽，很快長出莖葉，一株又一株。

「是花啦！」小地鼠很驚喜的到處嚷：「豬大哥的鼻子長到花上了！」

哈哈，那些花苞真像豬鼻子呀，豬大哥努著嘴，也忍不住開心大笑。

11 胖猴子減肥

猴子嘟嘟趴在樹幹上，動也不動，他在想心事。

他想起前天曬太陽，竟然把石頭壓碎了，多可怕呀！

他想起昨天爬山，竟然會喘得爬不動，多丟臉呀！

他想起剛剛跳石頭，竟然跳不過去，還摔了個結結實實的四腳朝天，噢，多洩氣呀，屁股還痛著呢！

嘟嘟想到屁股痛，噢，忍不住呻吟一下。

「唉，好痛啊！」

嘟嘟挖挖耳朵，這不是他的聲音嘛，是誰在呻吟？

「好痛啊，受不了啦！」

嘟嘟嚇一跳，是樹幹在呻吟，不但在呻吟，還在發抖呢！

「喂，你怎麼啦？」嘟嘟拍著樹幹問。

發抖的樹幹一邊抖，一邊歪歪斜斜的躺下去，「蓬——」，樹倒了。

嘟嘟抬頭看，大樹從他剛才趴著的地方，折斷了！

「我要減肥！」嘟嘟想：「我一定要減肥！」

這件事太嚴重了，他居然有這麼胖，把好好的一棵樹壓斷！

「也許明天，我就會胖得走不動了！」一隻胖得走不動的猴子，那是多可笑呀，大家看到他，會說什麼呢？

「胖嘟嘟！噢，這名字太難聽了，我絕不能讓別人這麼叫我。我要減肥！我一定要減肥！」嘟嘟下定決心。

於是，當兔子叮叮拿紅蘿蔔在咬的時候，嘟嘟用力吞下口水。聽到肚子咕嚕咕嚕的聲音，他按著肚子說：「別叫，我不吃，我要減肥！」

當松鼠咚咚捧著松果啃的時候，嘟嘟聽到肚子裡的咕嚕咕嚕，他按住肚皮，吞下更多的口水，大聲說：「別叫了，我不吃東西，我正在減肥！」

看到山羊吃草，長頸鹿嚼樹葉，嘟嘟的口水更多了，他拼命吞，吞，大口大口的吞。

「咕嘟，咕嘟」，好多口水被他吞進肚子，「我什麼東西都不吃，我一定要減肥！」

可是，他的肚子更大了，大得像一座山，他時常可以聽到「咕嚕咕嚕」的聲音，在肚子裡叫。

「啄木鳥先生，你也替我看看病吧，我的肚子為什麼會叫個不停呢？」嘟嘟決定看醫生。

啄木鳥西西伸出尖嘴巴，往他的肚皮戳，「哇唷！」嘟嘟又癢又痛，他把肚子縮一縮。

「奇怪，你的肚子真不一樣！」啄木鳥叫嘟嘟把肚皮挺出來，上上下下仔細戳一遍。

癢，好癢，癢死了！嘟嘟脹紅著臉，渾身起疙瘩，忍不住「繃」的笑出聲來，把西西轟退好幾尺。

「別戳呀，我怕癢。」嘟嘟笑起來，肚子抖得像山崩似的。

「不，要戳！你這肚子有問題！」西西又飛過來，伸嘴要啄。

嘟嘟遮住肚子喊：「別戳啦，你一戳，我就會笑。」

「你就笑呀。」西西不理他，尖嘴繼續朝他肚皮戳。

「我一笑就會流口水，臭死你！」嘟嘟左閃右躲，怕死了。

啄木鳥仍舊拍翅膀，追著嘟嘟的肚子，想盡辦法要戳。

嘟嘟手忙腳亂就是沒法兒保護肚子，他爬上石頭，不想看病了。可是西西追著他，不死心的啄他肚子。

嘟嘟感到肚皮發癢，「我不看病了！」他叫，慌慌張張的在石頭堆上爬啊，跳啊。

「不行，我還沒把你醫好！」西西跟著他，口氣兇兇的。

「我的肚子不叫了！」嘟嘟爬上樹，躲進枝葉裡。

「那還沒好，我要把你肚子裡的蟲揪出來！」西西飛到樹上，又伸出尖嘴來。

「嗄，你想咬破我的肚皮？」嘟嘟抓起樹枝盪來盪去：「那怎麼行，我又不是樹！」

「你確定？」西西跟著他飛來飛去：「你現在都沒事了？你能跑？能跳？能爬樹了？」

「是啊，你看到了，我能跑又能跳，不但能爬樹，還可以盪鞦韆。」嘟嘟一口氣說完後，連忙回過頭去看。

沒錯，他剛才是在石頭上爬呀、跑呀、跳哇，那些石頭好好的，他可沒把石頭壓碎喔，樹枝也好端端的，一根也沒斷。

「嗯，那麼，我已經把你醫好了。」西西神氣的宣布。

「不，是我減肥成功了！」唷呵，嘟嘟晃到樹頂上，大聲的說，他好開心呀！

12 最ㄅㄧㄤˋ的建築師

一棟老舊的房子，簷下長了幾叢雜草，蜘蛛選在這裡蓋房子，他想打造一個美麗的家。

蜘蛛把他的網張掛在屋牆跟草叢間，他不停吐絲，忙碌的攀爬、飛行，吊掛在細絲上的身體抖呀、盪呀，辛苦極了。

「要不要我幫忙呀？」風跑過來吹口氣，蜘蛛被盪到草堆裡，暈頭轉向，好不容易才爬到屋牆上。

蜘蛛抬起頭，去找那個闖禍的傢伙，卻看到天上白雲堆起一間高大的城堡，好漂亮的房子！那是誰的家呀？

「是我的家，我蓋的！」風在空中得意的笑，順手把一朵白雲放在城堡頂上，再呼口氣，哇，城堡立刻變成摩天輪遊樂場。

「來，我帶你去坐摩天輪。」風熱情的邀請蜘蛛。

「不了，不了。」蜘蛛抓緊牆壁，婉謝風的招待。

等風走了，蜘蛛重新織網，雖然不能像風的房子那麼大，那麼漂亮，那麼有變化，可是，「我要蓋最牢固的房子，可以邀請風來坐坐，雨來住住的房子。」

蜘蛛勤勞的織網，從屋牆搭到草叢，織好一張很密很密的網。他在網上爬來爬去，不斷的吐絲，把網織得更粗密更厚實。

「喂，沒用的啦，你還是學我，到地底下蓋房子吧。」蚯蚓一邊在洞口堆沙包，一邊跟蜘蛛聊天：「你看，風那個頑皮鬼就拿我的家無可奈何。」

蚯蚓很滿意自己的家，住在泥土下，多安全哪。

「轟隆」「轟隆」，雷聲響起，大雨跟著落下，天空一片烏漆墨黑，風的那棟漂亮房子已經被雨吃掉了。

蜘蛛守在網旁邊，擔心自己的屋子也會被雨吃掉。

雨，在蜘蛛的網子上玩耍，順著網繩溜滑梯，對著網目穿山洞，嘩啦嘩啦，玩得高興極了。

跳到地面上的雨，吃掉蚯蚓放的沙包，又跑進泥土裡去吃蚯蚓的家。

房子淹大水了，蚯蚓只好游出來，暫時躲在草堆下。

雨停了後，擔心害怕的蜘蛛發現，他吐的絲全都變成水晶項鍊，串住一顆一顆晶瑩剔透的雨珠。

「還是你的房子牢靠，不怕風也不怕雨。」蚯蚓羨慕極了。

太陽探出頭，望著閃閃發光的蜘蛛網，笑咪咪的稱讚蜘蛛：「你的家，是世界上最美麗的水晶屋。」

美麗的水晶屋立刻成了搶手貨，太陽買了一棟，月亮買了一戶，就連星星們，也各自買了一間小套房。亮晶晶的家，日日夜夜在天空中閃耀著迷人的光芒，每一道光芒都爆出一行字：蜘蛛是最ㄅㄤˋ的建築師！

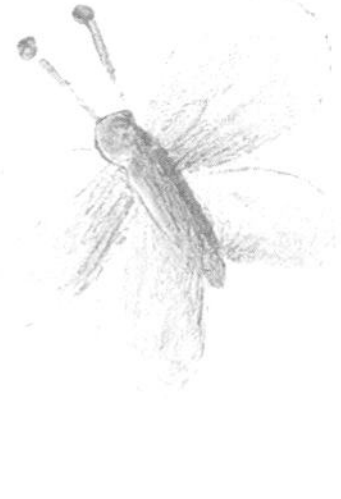

13

小蜘蛛回家

陽光下，小蜘蛛快樂的盪鞦韆。一根長長的細絲從樹枝垂下來，小蜘蛛就抓著細絲，跟微風高興的玩耍。

咦，樹底下有個小男孩。

小蜘蛛晃到左邊去，瞄見小男孩的黑頭髮；小蜘蛛晃到右邊去，看到小男孩的後腳跟。

小男孩低著頭跪爬著。

「他在那裡做什麼呀？」小蜘蛛的好奇心來了。擠一擠肚子，努一努嘴，小蜘蛛拉長絲繩下降了些：「這樣我就可以看清楚了。」

唔，看到了，看到了，小男孩嘴唇紅通通的，小手小腿胖嘟嘟的，他蹲在地上，兩隻手動呀動呀。

可是，地上有什麼東西呢？小蜘蛛還是看不見。

小蜘蛛抓住細絲盪到東邊去，看到幾片樹葉；小蜘蛛晃到西邊去，看見幾片樹葉。一堆樹葉能夠做什麼呢？小蜘蛛想要弄明白。

肚子擠呀擠，小蜘蛛拼命把絲繩拉長，再拉長，把身體下降，再下降。

「喂，小蜘蛛，我不想去跟地上的泥沙玩，你自己去吧。」絲繩顫抖著，把風兒的話傳到小蜘蛛的耳朵裡。

「哎呀，你等等我嘛，我只是想看清楚樹葉罷了。」小蜘蛛嘴裡嚷著，身體可沒停止。

風兒不再說話了，小蜘蛛吊在男孩面前，看見小男孩用樹葉圍起一隻小螞蟻。

哦，他在教小螞蟻走迷宮！小蜘蛛終於找到答案。

小男孩突然抬起臉，烏黑明亮的大眼睛，就停在小蜘蛛前面。

「啊——」小男孩嘴張得好大。

「糟了，糟了，他想把我吃掉！」小蜘蛛嚇一跳，拼命往上爬。

「啊——啾——」

一個大噴嚏從小男孩的嘴巴、鼻子衝出來，轟得小蜘蛛頭昏眼花，摔到地上。

快逃啊，小蜘蛛三兩下就躲進一個黑洞裡。

「不行，不行，你跑到蚯蚓的家做什麼？」微風大叫。

小蜘蛛趕緊跳出來，往草堆裡鑽。

「喂，小蜘蛛，這是我們的家，你來做什麼？」草堆下面住著一窩螞蟻，不客氣的下逐客令。

好吧，小蜘蛛從草叢底下跳出來，向前衝，撞進一片黑暗當中。

樹葉還可以玩捉迷藏哩。

小男孩揭起一片樹葉，反反覆覆的尋找。

「完了，他知道我躲在樹葉裡。」小蜘蛛心裡叫苦，慌慌張張跳到另一片樹葉，把樹葉嚇得忍不住發抖。

怎麼辦？怎麼辦？樹葉快被小男孩掀光了，小蜘蛛急得團團轉。

一陣風來，把樹葉吹散了，吹亂了。

「小蜘蛛，你在哪裡？」風兒問。

「這裡這裡，你快把我吹上去。」小蜘蛛跳到一張大葉子上。

風兒鼓起腮幫子用力吹，哇呀，泥沙高興的跑到空中玩耍，滾成一團。

可是，那張大葉子還躺在那兒！小蜘蛛慘慘的叫：「快救我呀！」

「誰叫你貪心，選了一片大葉子，我肚子空空，吹不動它。」風兒呼口氣，一張小小捲捲、乾黃的葉子飛了過來：

「喏，這個才適合你。」

「嗄，這麼醜的葉子！」

「快呀，還等什麼？」風兒衝過來用力一推，小蜘蛛跌進葉子裡，樹葉飛起來，連滾帶爬的落在樹腳下。

「好啦，已經到家了。」風兒溫柔的說。

順著樹幹跳，跳，跳，小蜘蛛一直從樹腳跳到枝條上才停下來。低頭一看，嚇，樹底下那個小男孩還蹲在那裡。

「我知道，他在跟螞蟻玩迷宮。」

「我還知道，草堆下有個螞蟻窩。」

「我也知道，樹葉可以玩捉迷藏，樹葉當飛機，坐起來很舒服。」

喋喋不休的小蜘蛛繼續嘮叨：「我更知道，只有好朋友，才會幫助我找到回家的路。」

瞇著眼的微風，在睡夢中呵呵笑。
啊，回家的感覺真好！

14 跳高選手

愛現的小青蛙在朋友面前賣弄，伸長腿奮力一蹬，「咻——噗咚」，哇，他跳出了這一生最高最遠的紀錄，可惜，亮晃晃的陽光不見了，朋友不見了，他掉入一堆陰森森的冰涼中。

這麼多冰涼的水，這麼黑暗的地方，這是哪裡？小青蛙嘓嘓叫兩聲，卻被更多更大的「嘓嘓」聲嚇著了，他劈哩啪

啦轉來轉去，碰到一些硬硬的石頭。

「喂，別吵了。」「唉呀，你一來就大吼大叫，真受不了。」

「是誰在說話？」小青蛙剛問完，又被自己的聲音嚇一跳。

「噯喲，小聲，小聲一點。」硬硬的石頭轉了一下。

「石頭怎麼會說話？」小青蛙很奇怪。

「我們是烏龜，不是石頭。」「這是我們的家，一口井。」

小青蛙游來游去，他什麼也看不見，只碰到一些「石頭」。

「我可以叫嗎？」他問。

「你為什麼要叫？」

「我想家！」外面亮麗的陽光多可愛呀，小青蛙不喜歡黑暗。

「好吧，我們要睡覺了。」烏龜又安安靜靜不動了。

「嘓嘓，嘓嘓」，小青蛙鼓起鳴囊大聲叫，很用力，不停的叫了好久好久。

花貓聽到叫聲，來到井邊喊：「是你嗎?小青蛙，你怎麼了？」

「我不小心掉進井裡了。」小青蛙撲通撲通想要跳出去。

「加油啊，你是跳高選手，沒問題的。」花貓說。

這口井真高，小青蛙連陽光都沒見到就又跌了下去。

「汪汪」，黃狗來了：「別急別急，你再試試看。」

小青蛙繼續跳，撲通聲傳到外面，山羊「咩咩」叫著靠過來。

「老山羊，你快想個法子吧，小青蛙在裡頭出不來了。」黃狗汪汪說。

「喔」，山羊朝井裡喊：「小青蛙，你還好嗎？」

井底傳來「噗咚」聲，小青蛙叫：「不行啊，我還是不夠高！」

「唉！」烏龜們開口了：「這小傢伙吵死了！」「哼，踩在我身上還跳！」「沒本事何必下來呢？」「乾脆送他上去吧。」「只好這樣嘍。」

聽到數落，小青蛙又累又慚愧，呆呆的泡在水裡，他感覺到烏龜在游動，好像不少隻哩。

「小傢伙，你跳上來吧。」

「在哪兒呀？」小青蛙什麼也沒看見。

「唉，你摸摸看嘛。」

小青蛙游來游去，找到一隻烏龜了。

「快呀，往上跳呀。」那隻烏龜催促著。

小青蛙用力一蹬，咦，上面還有烏龜，撞得他頭發暈，還好攀住了烏龜尾巴。

「喂，再跳哇！」

小青蛙跳，跳，跳，哈，看到井口了。「嘓嘓嘓」，小青蛙的叫聲把朋友都引到井口，連水牛也來了，他們把尾巴伸入井裡：「小青蛙，快抓著我們的尾巴上來。」

這還有什麼問題！小青蛙高興的往上一跳，只聽到「噗咚」一聲，小青蛙什麼也沒抓到，他又跌到井底了，跌入靜靜的、冷冷的失望裡！

「再來，小傢伙，重新上來！」烏龜威嚴的口氣當中，有一股親切的力量。

「小青蛙，我們等你，別洩氣，再來一次啊。」水牛溫和耐心的鼓勵他。

「嘓嘓嘓」，小青蛙知道，還是得靠自己的努力才行。他重新跳上烏龜的背，跳，跳，再跳，他平日雖然愛現，卻是有真本事的呀！

現在，他站在疊羅漢的最高點，讓後腿站穩，看準較長的那條牛尾巴，對自己說：「我是最好的跳高選手，絕不是蓋的！」

準備妥當，小青蛙蹲下身，強有力的一跳，細細長長的腿像箭一般射出去，穩穩抱住牛尾巴。

「嘓嘓嘓」，終於見到陽光的小青蛙，趴在地上扁扁地，有氣無力的說：「還是你們厲害，我太差勁了！」

15 小青蛙

當太陽狠狠曬著大地，每一張嘴巴都打開喊渴的時候，小青蛙的事情就再度被提起來。

高高長長的田溝，每天都有水流進田裡灌溉秧苗，小青蛙就在田溝裡游泳，在田溝裡跳高跳遠。

長長的田溝是小青蛙的運動場，也是他的家。

「哞哞」，一隻牛走來，看著田溝嘆氣：「真想泡泡水。」

「去去去」，小青蛙大聲說：「你這麼胖，怎麼裝得下？」他把牛趕走了。

「咩咩」，一隻羊走來，看到田溝裡有水，很高興：「好呀，我可以泡泡水了。」

「去去去」，小青蛙大聲說：「你這麼胖，怎麼裝得下？」他把羊趕走了。

太陽在天上瞪著小青蛙：「這傢伙真不像話！」

小青蛙覺得好熱好熱，連忙跳進溝裡游泳。

「汪汪」，一隻小狗來到田溝想喝水：「我好渴啊！」

「走開走開！」小青蛙跳起來，不客氣的說：「這是我的家，不准你來喝水。」他把小狗趕走了。

「喵喵」，一隻小貓來到田溝想喝水：「我好渴啊！」

「不准你喝水！」小青蛙不客氣的跳起來說：「走開走開，這是我的家。」他把小貓趕走了。

太陽看著小青蛙：「我要教訓教訓他。」

一天、兩天、三天……太陽發狠曬著田溝，小青蛙被太陽曬得懶洋洋、昏沉沉。

農夫很擔心：「水越來越少，怎麼辦？」田溝的水流不進田裡，農夫只好辛苦的挑水，一桶又一桶灌進田裡，任由溝裡的水越來越少，沒人理會小青蛙。

「小青蛙，我渴死了，讓我喝水吧！」空中的麻雀喊著。

「你別過來，這是我的水，誰都不准喝！」小青蛙凶巴巴的說。

「哼，這傢伙受的教訓還不夠哩。」太陽生氣了，大火般的光和熱直直落在田溝裡。

水怕得溜走了，濕軟的泥土露出來，小青蛙跳啊跳啊，就是跳不出這條高高長長的溝。

綠綠的稻秧彎下腰想拉他，小青蛙跳啊跳啊，就是抓不到綠綠的稻秧。

當雨水落下，田溝又有了水時，牛啊、羊啊、小狗、小貓和麻雀都來了：「小青蛙，小青蛙……」「你沒事吧？小青蛙……」

大家都等著，卻聽不到回答，那一隻只會說「去去去」、「走開走開」、「不准不准」的小青蛙，到哪裡去了？

16 一對好朋友

阿吉和阿利，一前一後跳上樹。

球場邊沿著圍牆種了一排樹，葉子茂密，枝椏多又長，濃綠的葉叢，是他們偷懶打呼的快樂天堂。

松鼠阿吉伏貼在榕樹枝上，毛茸茸的尾巴和身體拉成個「一」字，他的同伴阿利，趴在另一根枝條上。

阿吉看著球場裡，男孩們把球拍得「砰砰」響。

「唰！」球進了籃框。

抱著樹枝，阿吉盪了一圈，阿利也抱著樹枝盪了一圈，樹葉「窸窸窣窣」笑出聲音，好快樂。

跑來撿球的男孩，抬頭看樹葉們笑鬧，意外瞥見一段特別粗的樹枝，竟然在動！

「喔！」男孩後腦勺貼著背脊，看清楚了：「嘩，松鼠欸！」

一群孩子被叫聲簇擁到樹下來：「在哪裡？」「喔，有，看到了。」「兩隻咧！」「真的是松鼠！」

阿吉阿利機警的竄到更高的樹枝，盯住男孩們。

指指點點一陣子，看松鼠沒什麼動作，男孩們拿起球，又回到球場。

阿吉阿利放心了，順著樹枝悠哉悠哉溜下來，阿吉黑亮亮的眼珠骨碌碌轉，身軀一扭，蹦上籃板後的枝頭。

「喂，阿吉，你要去哪裡？」阿利跟在後頭問。

「玩啊。」

「你會被球打到。」

「我會躲。」

「球比你大，你會被打得扁扁的。」阿利跳到阿吉旁邊勸。

「球沒有我快，它打不到我。」自信滿滿的阿吉，尾巴一掃，跳到籃板頂上。

球「嘭」的一聲撞過來，籃板渾身發抖，阿吉嚇一跳，腦袋「嗡嗡」亂響，腳抓不住了，滑溜溜的順著柱子，下、下、下……

阿利也嚇一跳，腦袋瓜「轟轟」響，看著好朋友往下滑，他的心也跟著掉、掉、掉……

阿吉趴在地上不敢亂動，好多隻比他身體還大的腳丫圍在旁邊，被踩到包準會變成肉團。

「跑呀，阿吉。」阿利蹲在枝頭叫他。

阿吉應聲射出去，溜的像沖天炮一樣快，男孩們來不及眨眼，松鼠已經竄上籃球架。

「回去吧。」阿利在籃球架上等他。

「不要，我還沒玩到。」阿吉研究著籃網，怎麼玩才好呢？絕對不要像那個傻愣愣的球，把籃板打得可憐兮兮，「我要鑽網子。」

「網子會斷掉。」阿利提醒他。

「才不會。」阿吉說完就往籃圈跳下去，穿過網子後，他準準的抓住網子底邊，讓身體吊在空中擺盪。還不錯，姿勢很美。

「阿吉。」阿利在上頭叫。

「我沒事。」阿吉晃著身子說。

「繩子斷了。」

「哪有……」才說著，阿吉覺得身體墜下一截，哇，真的，網子跟鐵圈分開了一個大口。

怎麼辦？阿吉叫：「救我呀，阿利。」

阿利跳下來，前腳抓著鐵圈，垂下身子，讓阿吉抓住尾巴。

「好了沒？」

「好了。」阿吉喊。

阿利的尾巴用力一甩，兩隻松鼠同時縱身，漂漂亮亮的一起跳上籃板，爬到頂，再一跳，鑽進樹叢裡。

「唔，我好厲害！」阿吉說。

看著阿吉烏黑的眼珠滴溜溜轉，阿利甩動尾巴：「你很不聽話！」

「你生氣了？」

「我嚇死了。」阿利又甩尾巴。

「對不起。」阿吉趴到樹枝上，乖乖的樣子。

阿利也趴在枝條上。

阿吉搓搓前腳：「謝謝你。」

阿利學他，也搓搓前腳：「沒什麼。」

想到剛才的身手，阿吉很得意，舉起頭：「我是大俠阿吉。」

「不，大俠是我。」阿利不讓他。

「那，我是什麼？」

「你是……」大俠阿利抱著樹枝轉一圈，偷笑：「你是大爺。」

阿吉抱著樹枝也轉圈子：「好，我是大爺阿吉……」

枝條點點頭，樹葉們「窸窸窣窣」叫起來：「大爺……」「大爺……」

17 卜力，跳跳

樹林裡一隻小松鼠，停在地上甩著尾巴，久久沒動作。

「喂，你怎麼啦？」另一隻大松鼠從樹上跳下來問。

小松鼠叫作卜力，尾巴灰白攙紅，跟他身上暗褐色大不同。

「你爬不上去嗎？」大松鼠問卜力，又熱心示範。松鼠最會跳啦，地上彈起來或是跑、衝上樹，都很容易呀。

卜力跟著做，順利跳上樹，可是大松鼠一離開，卜力又跳下來，在地上蹲著。

「喂，你在做什麼？」斑鳩在石頭上問：「是藏好吃的嗎？」

卜力沒回答，跳過地上一顆小石頭，這動作惹得斑鳩笑，松鼠應該在樹上跳，怎麼玩起地上小石頭？

大松鼠教訓卜力：「喂，到樹上來，跳給我看，證明你是一隻松鼠。」

卜力跳上石頭，跳上樹，從這根枝椏跳到另一根枝椏，從這棵樹跳到那棵樹，動作很輕巧，一點問題也沒有。

「來，跟著我。」大松鼠在樹上爬高爬低，跑得飛快，卜力追在後面，往上往下，跟風比快。大松鼠停下時，卜力也停下，就在大松鼠尾巴旁。

隔著寬寬道路，大松鼠問：「跳過去！辦得到嗎？」

卜力一溜煙跑上南洋櫻樹梢盪秋千，拉長身體飛彈向路對面一根茄苳枝條，停在那裡回身。

南洋櫻和茄苳微微點頭，沒問題，卜力會跳會爬會跑，跟所有松鼠一樣。大松鼠放心的離開。

卜力甩甩尾巴，又溜下樹，開始在地上跳。

大顆松果躺在地上，他跳過去；大顆桃花心木果實躺在地上，他跳過去。再跑向前，幾顆蘋婆散落地上，他一個一個跳過去，很快、很流暢的扭轉身體。

樹林裡還有些小小蛋殼，鳥兒們嫌窩裡太擠，寶寶孵出後會把空蛋殼清理掉，卜力找到這些東西，一個一個跳過去，就算蛋殼不完整也跳。

這是一隻奇怪的松鼠，有不一樣花色的尾巴毛球，有不一樣的嗜好。

斑鳩到處跟動物們說：卜力喜歡在地上跳，跳石頭、跳果實、跳蛋殼。「他應該叫做卜力跳跳！」

動物們聽說了，找到卜力後就喊：「卜力，跳跳！」

只要地上有什麼圓圓鼓鼓的東西，卜力真的就會跳過去，那姿勢很優美，動作很俐落，跳完就眼睛亮亮，抹著鼻子笑。「跳跳」這件事，真的讓他很快樂。

樹林裡能跳的東西都跳過了，松鼠卜力懶洋洋趴在樹上，還要等多久才會有鳥媽媽踢出空蛋殼讓他跳跳？

看卜力沒精打采，猴子把大蝸牛推到樹底下，喊：「卜力，跳跳。」

穿山甲窩成團當石頭，也喊：「卜力，來，跳跳！」

聽到叫聲，卜力溜下樹，發現大蝸牛和穿山甲，他先繞著兜兩圈再蹦跳過去，尾巴敲敲地，這是有生命的動物，他要跳得不一樣些。

大家都看出來了，這不一樣的傢伙需要到不一樣的世界去發展。於是，卜力被動物們推趕出樹林：「別在這裡喊無聊。」

大松鼠推他：「去找別的東西跳跳。」

猴子噓他：「只會在山裡樹林跳，沒名堂。」

斑鳩和穿山甲也祝福他：「跳些新創意！」

卜力爬到樹上，一棵樹接一棵樹不斷往前跳，看到地上有石頭、果實，他溜下樹跳過這些東西，再回到樹上盪鞦韆，跳樹。

「創意」是什麼東西呢？他一路找。

樹把卜力帶到一座湖邊，沿著湖有片草地，一個黃黃大大圓球被草攔在湖邊，泡在水裡晃啊盪啊的。

好東西！卜力興奮的跳過這大圓球，卻碰到水，忙拉著草尖翻盪。

落在地上後他摩摩臉，好可怕，竟然有草是長在水裡的！

「喂，你跳得過浮筒，很不錯。」牛蛙叫得嘓嘓響：「可是，我比你會跳。」

噗通跳入水中，牛蛙誇口：「我能跳過這座湖。」真的就從水裡跳起，拉長了腿，「噗」「噗」「噗」……好幾下連環跳，不見了。

卜力也想試試。

水裡有一些石頭正好通向岸，他朝石頭跳上去，轉兩圈後，起跳，到另個石頭。

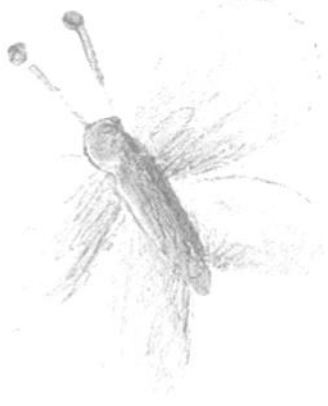

湖邊有人看到叫起來：「你們看，松鼠，跳湖欸！」

「喔，是跳烏龜。」

「他跳跳，跳跳！」小孩子高興的拍走大叫。

聽到這麼喊，卜力於是跳、跳、跳、跳……直跳到石頭沒有了，前面一池荷花。

沒關係，這也能跳！

他踩著大大荷葉，起跳，躍過綠綠的蓮蓬。荷葉歪過身，卜力差點兒跌落水，站在荷葉心窪穩住後，卜力再跳。粉嫩戴紅的荷花苞很漂亮，他聞到香氣。

卜力繼續跳，興奮的溜跑，這裡跟山上樹林不一樣，盡頭會有什麼不一樣的世界呢？

松鼠卜力，來到山下一片樹林，他尾巴那團蓬鬆毛球，灰白攙紅的毛色很好認。不只外表特別，牠的習慣也奇怪：有些雞呀鳥呀的蛋，常被其他動物給頑皮亂放或偷走偷吃，卜力不這麼做，見到地上被丟棄的蛋，不管多大多小，破裂或完整，一定從樹上跳下來，繞著蛋轉一圈，再跳過這個蛋。

「我要通知大家：這裡有蛋！別踩到。」卜力這麼說。

這一天，卜力跳過地上一個蛋時，那個蛋噗一聲裂開了，竹雞給咕「你好壞！你好壞！」的尖叫起來。

「啊，糟了糟了！」

以為自己踩破給咕的蛋，卜力抓住尾巴捲成一團，立刻在給咕面前翻筋斗陪不是：「對不起，我只是跳過去，你也看到了，我不是故意踩破你的蛋。」

卜力翻滾好幾圈，心裡連說了好幾遍「對不起」。

「嗄，這是什麼怪東西？」竹雞給咕噗噗跳。

這一團鼓鼓胖胖滿地滾的，是蛇嗎？

「救命呀，救命呀！」以為那是蛇，吃了蛋還要來吃他，給咕又跳又叫，想找幫手來救。

附近沒有誰理他們，可憐的給咕叫到聲音沙啞，終於有好心的流浪狗老黃踱過來：「喂，你們鬧夠了沒？」

老黃先推推卜力：「我說卜力呀，你也太頑皮了喔。」

給咕看見灰紅色毛毛尾巴：「哎呀，這不是蛇，我被卜力唬了！」

老黃又去檢查那個蛋。咳，裂成兩半的是白色軟球，不是給咕的蛋啦。

「喔，我沒踩破給咕的蛋！」卜力恍然大悟，唉，自己被給咕嚇破膽了。

鬧出笑話，卜力跳上樹，給咕躲回窩巢，樹下安安靜靜，老黃咬起那個破球當玩具。

可是，等老黃一走開，卜力就溜下樹去跟給咕吵，堅持給咕也要翻筋斗才行。

「沒道理，是你自己要翻筋斗，跟我什麼關係。」給咕繞樹叢走，嘮嘮叨叨。

「你嚇到我了，要翻筋斗幫我收收驚。」卜力纏著給咕，也嘮嘮叨叨。

最後，給咕想到好辦法：「我當作蛋讓你跳吧。」

「行啊。」

卜力很高興，繞著竹雞跑兩圈，「蹦」地彈高，跳過給咕後，大聲喊：「可愛的給咕在這裡，可愛的給咕是個蛋！」

興奮地跳完，卜力來到老屋子邊，這裡有一棵芒果樹正在掉葉子。

掃著滿地芒果葉，老阿婆抬頭看老芒果樹一眼，嘆口氣：「越生越少！」

老芒果樹彎搭在鐵皮屋頂上，松鼠卜力輕巧跳到枝頭，找吃的。

八哥鳥比卜力先一步找到芒果，皮還很青綠，只有蒂頭那裡黃了，「跟我的嘴一樣黃！」八哥鳥興奮的伸嘴戳。

唉唷，果肉硬梆梆，味道酸，「不好吃！」

八哥鳥甩甩嘴喙，跳開去，那顆青芒果跟著掉落，砸得鐵皮屋頂慘叫一聲。

「也沒熟就吃，真糟塌！」老阿婆抬頭往樹上罵。

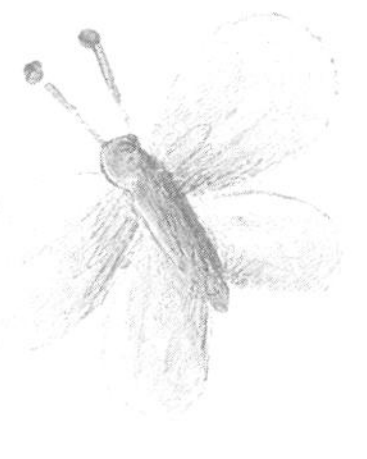

卜力還沒找到吃的，在樹上跳呀、爬呀，惹來八哥鳥奚落：「你真笨！要不要我幫你呀？」

「喀喀」兩聲，尾巴甩兩下，卜力沒回答。

這棵老芒果樹，葉子多又綠，結的果卻少又小，躲在葉叢裡真難找。不過，卜力已經發現，樹頂上有顆青裡透紅還帶黃的果子，很大。

看卜力跳過去啃，八哥鳥等著聽，心想松鼠一定會喊：「哎喲！」

捧著青芒果，卜力張口咬下去，眼睛亮亮，嘴巴嚼啊嚼。

「喂，好吃嗎？」八哥鳥很好奇，松鼠吃到熟芒果了嗎？怎麼沒喊酸？

「甜不甜？會酸嗎？」八哥鳥又問。

卜力沒說話，嘴巴張開，大大咬一口，細碎的青綠果皮，一塊又一塊掉在地上。

「唉，種了生了，都給膨鼠、鳥仔吃，真沒意思。」老阿婆揮著掃把大聲抱怨。

「喂，味道怎麼樣？」八哥鳥飛到卜力面前，盯著看，連聲追問：「硬硬的吧？」「你覺得好吃嗎？」「不會酸嗎？」「你喜歡這種味道嗎？」

奇怪，好吃到變成啞巴了嗎？八哥鳥問一次，卜力就用力咬一口，那顆芒果已經啃掉了頭。

卜力不耐煩的轉個方向，芒果被卜力一拽，離開枝條掉落鐵皮屋頂，「蹦」地哀叫落地。

老阿婆嚇一跳：「嗄，要分給我吃喔！」

嘿，卜力一溜煙爬下樹，去找那顆芒果。八哥鳥很驚訝，真有這麼好吃嗎？還要去撿回來啃！

錯！錯！錯！

「喀喀」，卜力跳過地上芒果，又跳過一堆樹葉，再跳過老阿婆的掃把，最後跳上畚箕柄，躍上鐵皮屋頂。跳、跳、跳、跳、跳！老阿婆被逗笑了：「這隻膨鼠，巧，趣味！」

卜力甩甩毛球尾巴，眼睛亮晶晶：「我是跳跳卜力，我愛跳跳，也愛分享。」

他說完又順著電線跑，跟住一個騎車的人，大馬路直直騎，車子很快就把卜力甩在後頭。

卜力改用跳的、飛的，這棵樹跳過那棵樹，這根枝條飛過那根枝條，好不容易趕上了，一看，人脫掉帽子走進一間屋子。是車子停下來，不是卜力追到人。

再看，整排車子都有圓鼓鼓帽子，有的坐在座墊，有的掛在車把，有的放在腳踏墊、後架，五顏六色很可愛。

「跳看看！」卜力心中有個聲音喊。

併排停靠的車子，空間小，他得多折返身子，加快速度和力道。還有，卜力打算連環跳，不中斷，這就更困難了。

「卜力，跳跳！」他給自己加油：「就是現在，沒有人，跳吧！」

第一頂黑色帽子在車屁股上，卜力跳過去，折向第二頂在車頭上的銀色帽子。哎呀，前方沒有東西可以落腳，卜力勉強趴住車殼，奮身蹬起來，衝過第三頂藍色帽子。嘩！差點兒就失敗。

沒關係，這樣跳才有意思，繼續，繼續，卜力要挑戰特技。

吊掛車把手的那頂紅色帽子，是卜力心中的大難關：半空裡跨跳，水平扭身，當作是繞樹幹轉圈兒。

成功了！

卜力剛想完，有人喊：「喂，松鼠！」

喔，卜力趕快跳。

「牠在做什麼？」人的聲音越來越多：「不怕人咧。」

活蹦亂跳，在機車上表演特技的漂亮松鼠，抓來當寵物再好不過了：「抓來玩玩吧。」

「怎麼抓啊？」

「想辦法不會！」

幾個人在車堆裡伸手撲抓都落空，卜力從人的手掌、頭頂、背上跳跳跳，目標還是帽子。

人終於懂了：「牠在玩帽子！」

「喂，松鼠，來這邊。」人拿起帽子招手喊。

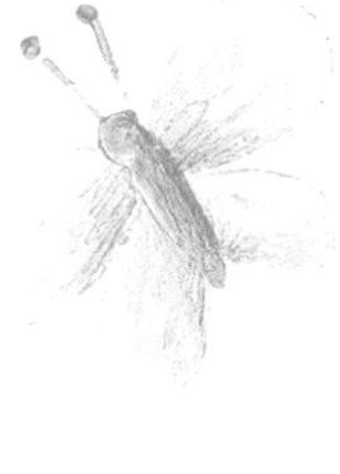

「笨哪，你去另一邊堵牠……」

快快快，趁松鼠還在機車上跳，人趕緊包抄。

快快快，趁人還沒到最後那輛車，卜力趕緊飛跳。

來不及了！人乾脆把車子推倒，整排機車霎時變成骨牌，「砰」「砰」「蹦」「蹦」一路倒下，最後的那頂白色帽子摔落地面，彈向馬路。

來不及了嗎？卜力擠出所有力量，跳過白色帽子從車輪前跳上路燈桿。

溜回電線後卜力往下看，白色帽子像顆蛋，路中央一輛接一輛的車子也想玩跳蛋嗎？

18 知心老朋友

茄苳樹下住著一串風鈴，年紀很大了，天鵝的身架已找不到光澤，幾根銅管的衣服也陳舊生鏽了，不過音色依然清脆悅耳，又因為看多了世面，他的歌聲特別有韻味，共鳴特別深遠。有時低吟一兩聲，就讓人聽得心花怒放；興致好時，他放聲高唱，連鳥雀都加入合音。

風很喜歡找他發牢騷、說心事。他們是多年的好友了，什麼情緒都要向風鈴傾吐。

「你知道嗎？」風高高興興的跑來，扯下一把茄苳花，「我剛剛把芒果搔了一陣癢，他笑得全身亂擺，快瘋了。哈哈哈。」

老風鈴立刻唱起一連十幾拍的琶音：「像我這樣子嗎？」他模仿的真像呀，逗得風快樂無比，拉著風鈴跳舞。

「哎呀，輕點，慢點，我這老骨頭了，動作不靈光啦。」風鈴邊扭動身軀邊唱歌。他連說話也用唱的哩。

風鬧夠了，跑去別處玩。風鈴笑咪咪，輕輕哼著：「到處都有好風景，隨時都是好時光……」

送走風，老風鈴靜靜想著剛才唱的歌。嗯，是全新的創作唷，有機會要再唱一遍來聽聽。

跟天氣一樣，風也會有陰暗的心情，這種時候，他特別需要風鈴的陪伴。

「怎麼啦？」風鈴柔柔的聲音勾起風的心事，他趴在茄苳樹枝上發楞。貼心的哼著清脆單音陪他，風鈴知道，心煩的時候，什麼話語都是干擾。

終於，風捶著樹幹喃喃的說：「我怎麼那麼笨，居然把風箏扯斷了，小妹妹的眼淚擦都擦不乾！瞧，我的手上還有一顆淚珠。」

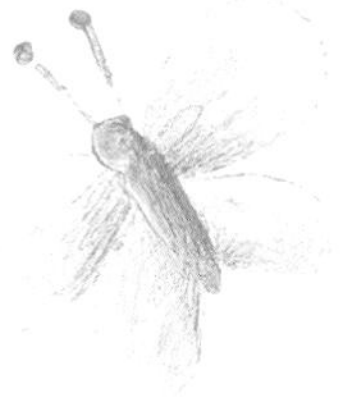

老風鈴了解的搖搖頭：「別難過，別難過，你可以把我的歌聲送到小妹妹身邊，我會幫你安慰她。」

風挺直了身：「好耶，謝謝你。」

老風鈴吟起了詩句：「可愛的小妹妹，風箏想飛上天，那兒可以飛得更美；可愛的小妹妹，風鈴唱歌給你聽，別再為風箏掉眼淚……」

歌聲輕輕柔柔，悠揚飄遠，風帶著風鈴的歌聲來到小妹妹身邊。她睜大亮亮的眼睛，仰起頭。風摸摸她烏黑的髮絲，親吻她紅嫩臉頰上的淚珠，小妹妹的耳朵裡都是風鈴的歌聲，她不哭了。風繼續吹來風鈴的歌聲，直到小妹妹也揚起一串鈴鐺般清脆的笑。

生病時，風只想摟著風鈴好好睡一個大覺。

「來來來，閉上眼，鬆鬆肩，忘記憂煩，迎接明天。」老風鈴讓風靠在自己長長的天鵝頸上，緩慢低微的耳語，安慰那困乏疲憊的身軀。

風軟軟搭掛在風鈴身上，沉沉睡去。老風鈴的耳語漸漸停歇，「噓」，他悄悄提醒茄苳，別出聲唷。

老風鈴靜靜，樹葉們動也不動。

睡出一身汗的風，熱醒了，頭不重，有精神了。風伸伸懶腰。老風鈴開始溫柔的唱起歌來：「醒了，醒了，健康真好！醒了，醒了，聽聽歌，說說話，健康真好。」

「謝謝你，老朋友，有你真好。」風感動的抱擁風鈴。

樹葉們嘩嘩歡呼。有健康真好，有風真好，有老朋友，真好！

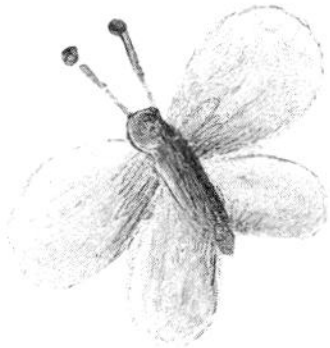

兒童文學09　PG1170

安安別怕

——林加春童話故事集

作者／林加春
責任編輯／林千惠
圖文排版／賴英珍
封面設計／陳怡捷
出版策劃／秀威少年
製作發行／秀威資訊科技股份有限公司
114 台北市內湖區瑞光路76巷65號1樓
電話：+886-2-2796-3638
傳真：+886-2-2796-1377
服務信箱：service@showwe.com.tw
http://www.showwe.com.tw

郵政劃撥／19563868
戶名：秀威資訊科技股份有限公司
展售門市／國家書店【松江門市】
104 台北市中山區松江路209號1樓
電話：+886-2-2518-0207
傳真：+886-2-2518-0778

網路訂購／秀威網路書店：http://www.bodbooks.com.tw
國家網路書店：http://www.govbooks.com.tw
法律顧問／毛國樑　律師

總經銷／聯寶國際文化事業有限公司
221新北市汐止區康寧街169巷27號8樓
電話：+886-2-2695-4083
傳真：+886-2-2695-4087

出版日期／2014年9月　BOD一版　**定價**／180元
ISBN／978-986-5731-05-2

秀威少年
SHOWWE YOUNG

國家圖書館出版品預行編目

安安別怕 : 林加春童話故事集 / 林加春著. -- 一版. -- 臺
北市 : 秀威少年, 2014. 09
面； 公分
ISBN 978-986-5731-05-2(平裝)

859.6 103009192

讀者回函卡

感謝您購買本書，為提升服務品質，請填妥以下資料，將讀者回函卡直接寄回或傳真本公司，收到您的寶貴意見後，我們會收藏記錄及檢討，謝謝！如您需要了解本公司最新出版書目、購書優惠或企劃活動，歡迎您上網查詢或下載相關資料：http:// www.showwe.com.tw

您購買的書名：＿＿＿＿＿＿＿＿＿＿＿＿＿＿＿＿＿＿＿＿

出生日期：＿＿＿＿＿年＿＿＿＿＿月＿＿＿＿＿日

學歷：□高中（含）以下　□大專　□研究所（含）以上

職業：□製造業　□金融業　□資訊業　□軍警　□傳播業　□自由業

□服務業　□公務員　□教職　□學生　□家管　□其它＿＿＿

購書地點：□網路書店　□實體書店　□書展　□郵購　□贈閱　□其他

您從何得知本書的消息？

□網路書店　□實體書店　□網路搜尋　□電子報　□書訊　□雜誌

□傳播媒體　□親友推薦　□網站推薦　□部落格　□其他＿＿＿＿＿

您對本書的評價：（請填代號　1.非常滿意　2.滿意　3.尚可　4.再改進）

封面設計＿＿　版面編排＿＿　內容＿＿　文／譯筆＿＿　價格＿＿

讀完書後您覺得：

□很有收穫　□有收穫　□收穫不多　□沒收穫

對我們的建議：＿＿＿＿＿＿＿＿＿＿＿＿＿＿＿＿＿＿＿＿

＿＿＿＿＿＿＿＿＿＿＿＿＿＿＿＿＿＿＿＿＿＿＿＿＿＿

＿＿＿＿＿＿＿＿＿＿＿＿＿＿＿＿＿＿＿＿＿＿＿＿＿＿

＿＿＿＿＿＿＿＿＿＿＿＿＿＿＿＿＿＿＿＿＿＿＿＿＿＿

請貼
郵票

11466
台北市內湖區瑞光路 76 巷 65 號 1 樓

秀威資訊科技股份有限公司 收

BOD 數位出版事業部

（請沿線對折寄回，謝謝！）

姓　　名：＿＿＿＿＿＿＿＿　年齡：＿＿＿＿　性別：□女　□男

郵遞區號：□□□□□

地　　址：＿＿＿＿＿＿＿＿＿＿＿＿＿＿＿＿＿＿＿＿

聯絡電話：(日)＿＿＿＿＿＿＿＿＿＿(夜)＿＿＿＿＿＿＿＿＿＿

E-mail：＿＿＿＿＿＿＿＿＿＿＿＿＿＿＿＿＿＿＿＿